KB237648

문학과지성 시인선 360

우연을 점 찍다

홍신선 시집

문학과지성사

문학과지성사에서 펴낸 홍신선의 시집

우리 이웃 사람들(1984)
황사바람 속에서(1996)

문학과지성 시인선 360
우연을 점 찍다

펴 낸 날 2009년 5월 29일

지 은 이 홍신선
펴 낸 이 홍정선 김수영
펴 낸 곳 ㈜문학과지성사

등록번호 제10-918호(1993. 12. 16)
주   소 121-840 서울 마포구 서교동 395-2
전   화 02)338-7224
팩   스 02)323-4180(편집) 02)338-7221(영업)
전자우편 moonji@moonji.com
홈페이지 www.moonji.com

ISBN 978-89-320-1959-8

문학과지성 시인선 360

우연을 점 찍다

홍신선

2009

시인의 말

　호랑이 등에 올라타고 달리면 끝장까지 달려야 한다. 왜냐하면 등에서 내려오는 순간, 그는 호랑이에게 물려 죽게 마련이기 때문이다. 이 '기호지세(騎虎之勢)'란 옛말 그대로 시를 타고 달리다 어디쯤에서 나도 끝날 것이다. 요즈음 운명이란 그런 것이고 삶 역시 그런 우연이란 생각에 곧잘 황홀해한다.

　그동안 오래 더듬더듬 매만지던 「마음經」도 일단 마무리했다. 생각의 좀도둑질도 끝난 셈인가. 개별 시집으로는 이번이 일곱번째다. 결코 부지런한 다수확이라고 할 수는 없지만, 밀고 갈 수 있는 한 갈 생각이다.

2009년 초여름
홍신선

우연을 점 찍다

차례

1부

나의 시

왜 전신 마비 침대의 사내처럼 너는 늘 등밀이 등밀이로만 누워서 흐르는가
절벽에서 꼭 한번만은,
어떡하긴
필생의 결단처럼 양손 가볍게 놓아버려라
수백 수십 길 곧추 떨어지다 일어서다 마침내 한 방 먹이거라
대명한 하늘땅 사이
먹먹한 목청 큰 사자후 한 방
귀청 장렬히 터진 뭇 회중들의 먹은 귀때기들도 쓸어버려라
죄다 묻어버려라

폭포여
시여

경천 고속도에서*

들메끈 꽉 조여 매고 아무리 달린들 내가 어디를
가겠습니까
가도 가도 생깁 치파오〔旗袍〕구겨지는 소리들로
펄럭이는 먹먹한 하늘뿐입니다

오, 끝 모를 이 광야에서 나는
누구와 대면하라는 것입니까 누구와 오래 참구 면
벽하라는 것입니까
궤멸당한 고구려와 당, 기타 시간들
아예 어디에도 없습니다
허망한 얼굴의 넓이들뿐

꾀죄죄한 잿빛 치파오 툭 터진 옆단으로
허벅지 살 희멀겋게 비어져 나온 장신의 미루나무 떼
그들 밑 그늘에는
생면부지
재래종 면양 한 무리뿐

* 북경-천진 간 고속도로

퇴직을 하며

얼마나 범속한 재능에 속고 속아왔는가
얼마나 열정에만 눈멀어 마련 없이 달려왔는가
그동안 나는
허공에서 허공을 꺼내듯
시간 속에서 숱한 시간들을 말감고처럼 되질로 퍼
내었디
말들을 끝없이 혹사시켰다.
아직도 미뤄둔 잔업처럼 방치해놓은
독자도 없는 시들을
폐농지처럼 황량한 그 내부 문맥들을 폐관하는 일
처자식 입에 풀 바르느라
이골 난 호구질에 늘 무릎 꿇었던 일
막 나주별들이 제 심중에 돋우고 있는 심지 끝에
막바지 불똥처럼 해맑게 앉는
지난 시간 초심이나 되돌아보는 일
……
이제 다시
어디에다 무릎 꿇고 환멸의
더 깊은 이마 조아려야 하는가

또다시 고향에서

골조들만 서 있는 저 널 속에 무엇을 쟁여 넣나
꼭 오십 몇 년 만에 모천 회귀한 나는
산란하듯 새로운 시간들을 저 속에 묻어야 하나
자본의 대형 토네이도들이 구겨진 폐지들처럼
생가와 조부 묘소, 누대의 가산들을 송두리째 빨아
올려 간,
아틀란티스 대륙처럼 무참하게 파괴되고 침몰해
버린,
이제 마음의 지도에서 완전 삭제된
고향, 거기서부터 나는 기억의 등고선을 읽는다.
뇌세포 속 내장된 칩처럼 과거들을 꺼내 들고 더듬
더듬 찾는다
신도시 개발 지구 고층 아파트 공사장의
듬성한 아시바 위에
몇몇 날일꾼들이 걸쇠를 박고 있다
양생 끝난 시멘트 벽에 대리석판만 한
탈색된 낯선 하늘을 마지막 걸고 있다
여기가 과연 종착지인가 마지막 신후지(身後地)인가

시를 다 쏟고는 크게 입 벌리고 죽어 뜬 한 마리
연어처럼
　나는 망각 속을 둥둥 떠다닐 것이다
　다만 그해 늦여름 저녁 마당에서
　짚 멍석 날을 늘이며
　철부지 손자의 학업 중단에
　역정 난 할아버지 만년의 퇴락한 얼굴이
　내면 속 먼 하늘 끝에 걸려 펄럭일 뿐
　입주 덜 된 아파트 단지와 단지 사이
　개복한 배를 횅뎅그렁 내놓고 나자빠진 논과 논 사이
　낡은 토박이 민가 두어 채 사이
　그렇게 아직도 들어가보지 못한 삶의 골목들 얼마
나 많은지
　그 골목들 얼마나 가깝게 있는지
　수수천 갓 부화한 다음 시간의 치어들
　또 이 신도시 모천을 떠나 출행하겠지만
　나는 그동안 잘못 살았다는 듯
　저 회한의 골목들 속 헤매고 다니리

벚꽃 대전(大戰)

웬 갑병들 곳곳에 화사한 진채를 벌여놓았나
워커힐 경내 늦은 봄밤
나이 칠팔십 줄 노경의 벚나무는
제 안 방방에 칸데라 불을 밝히고 섰다
음송하듯 어린 민며느리가 읽는 세창서관본 삼국
지라도 듣는지
장판교 위에서
장팔사모로 장비가 백만 적군의 간담을 콱, 콱 꿰
어 떨구는지
저 늘그막의 벚나무 짚신짝만 한 귀에 골똘히 쓸어
담고 있다
시간은 한낱 낡고 추레한 몇 벌 갑주일 뿐이니
골 깊은 속적삼 속으로 등긁개 넣어 긁는지
옆의 또 옆의 벚나무 시간을 흉갑을 훌훌 벗어 터
는지
아니, 필마단기의 고요가 수수십만 벚꽃 대군들 무
찌르는지
바람도 없는 공중에

임자 없는 모가지들 자욱하게 끊어져 날린다
마지막이 있어서 늘 장엄한 저들
대살육판의 낙화여
앉아라 앉아라
서서 서성이지 말고
피자집 자리 나기를 대기하는 사람들이
마음속 소리 죽여 읽는 것도 바로 이 벚꽃 대전 몇
대목인가
머지않아 낙화판 낙화처럼
저도 그렇게 진다고 별수 없다고
간이 의자들 옆 고삐 놓인 융마(戎馬)들처럼 몸 부
르르 부르르 떨면서……

포상, 빛나는

인사팀 담당자에게 사직서를 제출하고
그동안 여러 십 년 짐 졌던 세간(世間)을 마침내
부렸구나 했으나
웬일, 땅 멀미하듯 몸이 일순 휘청했다
이 현훈(眩暈)도 무위도식에 대한 무슨 포상인가
평생 듀오백 의자처럼 비비고 기대어온 등받이가
없어진 거기
행정실 광막한 허전함에
폐품 직전 누더기 등짝 하나 붕 떠 있었지
일과 끝난 텅 빈 연병장의 쓸쓸한 하기식처럼
속의 절규들 퉤, 퉤 뱉어낸 퇴역의 깃발처럼
나는 거기
낯익은 공간에 한순간 깜박 혼 놓고 떠 있었지
본관 건물을 걸어 나오며 입안에 왜글거리는
임대 못 한 상가 동을 꿀꺽 삼킨다
네 귀 접힌 채로 보관함에 담긴 앞날을
어디에 다시 게양할까
과연 새로 앉을 등받이 의자는 물컹한 말인가 기억

인가
    아니다, 나는 생각한다 마지막 일어나 퇴장하는
거기
    일장춘몽 생애에 대한 가장 빛나는 포상은 죽음임을
    머물던 세간은 누구에게나 버거운 짐이자 등받이
부실한
    한때 일터임을

죽음 놀이

밤새워 낚은 잡고기들 다시 놓아준다
중환자실인 양 밑바닥에 죽은 듯 엎드렸던 참붕
어나
배때기 뒤집고 혼절해 뜬 몇몇 누치들
비실비실 빠져나간다
올 밴 어망이 목숨 가지고 놀던 그 손아귀를 힘껏
열어주었다.
놀이판에서는 부가가치 큰 목숨 놀이가 제일이라
고 했나
대안 병원에 일단 입감하면
결국 죽어서야 풀려난다는데
다섯 칸짜리 낚싯대 접으며 나는 수금했던
잡어들 공으로 쉽게 풀어준다
드넓은 수면에는 새벽이 희부연 등짝을 엎어놓고
떠올라 있다
막 풀려난 저 씨알 굵은 한밤 동안의 노역 몇 수,
갓 봉사 나온 호스피스같이
헐뜯긴 상처 침칠로 쓰윽 쓰윽 핥아주는 물결들에

게서

통증 식히고 있거나
결리고 쓰린 몸 안에서 시간의 장독 뽑아내는 일
잠깐이리라
놀이 가운데 가장 판 큰 놀이는
죽음 안에 번데기만 한 뼈골로 누워 영겁을 데리고
노는 일
머지않아 누군가 출구를 열어 이곳의 모든 시간들
죽음 안으로 사납게 몰아넣으리라
후미진 무료 낚시터
찍어 먹고 난 초장과 라면 찌꺼기 흩어진,
다음 몇 수 조과를 위해 비워놓은
여기 좌대에는
대낮 동안 누가 또 내려와 죽음 놀이 놀 것인가

성인용품점 앞에 서다

벌써 재개발 관리처분지구 허가 떨어졌는지
몸 하초(下焦)에는
새시 문틀 뜯어내고 헌 의자, 고물 냉장고, TV……
샅샅이 끌어내간 철거 대상 빈집들만 남았다. 그
것도
휑한 거웃들 속에 숨었다.
어쩌다 성인용품 앞에서
모형 생식기에 수십 벌 등짝 전심전력 밀어 넣어도
젤 바르고 굴신굴신 쑤셔 넣어도
결국 메꾸어지지 않는 것, 꼴리지 않는 것,
「숏버스」 화면 속 사내의 탱탱한 굴삭기가
흐벅진 자궁 내부 단매에 후려쳐도
화장실 밑바닥 질구들 질척이며 개문(開門)해도
어디로 잠적하고 말았는가
어디에서도 내 핏줄 속 떼로 달리던 짐승들 벌떡벌
떡 일어서지 않는다.
하반신으로 처져 내리는 젊음을
대전차 방어벽처럼 떠받치던 힘,

그렇게 지지나간 시간 동안 육신을 먹여 살려온 황
음이
단지 성인용품점 진열장 속의
차고 물렁물렁한 인조 실리콘 음경들로 리모델링
되는가 육탈하는가
배꼽 밑 집기와 욕망 모두 끌어내놓고 보면
삶은
재개발 관리처분지구의 텅 빈 가옥
철거 끝난 황무한 공한지일 뿐
시간의 한낱 맛있는 먹이일 뿐

우연을 점 찍다

사창굴이 따로 있는가 아파트 단지 뒷길 화단에
때 늦은 쪽방만 한 매화들 몸 활짝 열었다
무슨 내통이라도 하는지 앵벌이 한 마리 절뚝절뚝
한쪽 발 끌며
꽃에서 꽃으로 방에서 방으로 점, 점, 점 찍듯 들
렀다 날아간다
날아가다 또 들른다
무저갱 같은 꽃들의 보지 속에서
반출 금지된 자손이라도 비사입하는가
눈먼 거북이가 바다에 떠도는 널빤지 구멍 속으로
모가지 한 번 내미는 것이
목숨 점지되는 인연이라는데*
쪽방촌 성폭행범처럼 점점점 씨를 묻으며 드나드
는 저 앵벌이 선택은
인연인가 우연인가
매화들 뭇 가지에서 가건물처럼 철거된 빈 꽃자리
곧 거북이 모가지만 한 열매들 불쑥불쑥 내솟고
그즈음 앵벌이는 또 사창굴 여느 꽃의 곪아 터진

몸 찾아다니며
　가장자리 나달나달 핀 종이쪽지 구걸 사연이라도
돌리는가
　이 꽃의 음호(陰戶) 속에 저 꽃의 치골 위에
　점, 점, 점 우연을 점 찍는가

　*『잡아함경』 '맹구설화' 중에서

광릉 숲에서

해토머리 매표소 곁 헐벗은 조팝나무
간 겨우내 혹한에 그 관목은 제 내부 기관에서
축골공(縮骨功) 시전하듯 우, 두, 둑, 우두둑 몸피를
안으로만 우그려 붙였다. 무릎 꿇었다.
그렇게 힘 벅찬 시절마다 무너져 뒹굴다가
다시 등뼈 곧추 세우는
묵언의 운기조식.
그는 나이테 목질 깊은 곳에 골을 파고
그런 제 시신을 묻는다.
절정인 우듬지에 이르기 위하여
얼마나 무릎 자주 꿇어야 하는지
결국 우듬지에 이르는 길이
오를수록 발밑에 하늘 무너뜨리며
물컹한 고독에 닿는 일임을
느리고 그리고 배게
무슨 세부 측량한 지적도처럼 부름켜 속에다 환히
박아 넣는다.

주화입마에 정신 다친
가통(家統) 다른 나무들도 있다.
광릉 숲 뭇나무들 늙는 냄새 지독하게 내뱉는
이 무렵쯤
그 관목 근처에 가면 쇠비린내가 난다.
축골공 기혈을
새 시체를 묻는 쇠비린내를 토악질한다.

제1장 제1과

일체 소리란 소리 다 꺼뜨리고
두 귀에 이어폰 꽂고 한밤 내내 강아지풀은
무엇을 더 듣겠다는 것인가
비로소 귀머거리 철벽 적요 속에
모양 없는 마음이나 꺼내 듣겠다는 것인가

바싹 야윈 그 풀의 앙상한 어깨에
가볍게 기댄
근처 산이 들어라 들어주거라 신명난 듯 짖는다

대선(大選)이 있는 겨울

그렇게 힘들여 올라선
평생 발품을 쏟은 정상에서
단칼에 베인 수급처럼
급강하하는 것
한 달음질로 떨어지는 것

몰락 뒤에도
추문 한 편 없는 생은 얼마나 쓸쓸 허전한가
지리멸렬 대신
단호한 낙백은 얼마나 작지 않은 위안인가

이른 새벽 던져진 신문의 빽빽한 기사 속에서
인간이 몰락하면 짐승이다라는 경전을 읽는다
대선이 있는 겨울
떠돌이새들 우왕좌왕 날고
눈 아린 방 안에는
홑벌 목숨 벗고 무너지는
건란
일경 삼화(一莖 三花)

참회록

지나가거라, 나는 여기 아프지 않게 주저앉아 남으
려 하느니
다만 늙고 병들었을 뿐이니
지나가거라 남은 시간들은
퇴역한 무용수처럼 한 벌씩 목숨 벗어던지며 자진
하리니
아직도 손으로 더듬더듬 짚어가면 삭이지 못한 살
피죽 밑 멍울선 죄(罪)들 만져지느니
지나가거라
언제 나를 던져 피투성이로 너인들 껴안고 뒹굴었
느냐 폭발한 적 있느냐
안전선 뒤에 남 먼저 뒷걸음질로 물러서지 않았
느냐*
그렇다 잘 가거라
살아서 더는 만날 수 없는 마음의 덧없음에 살 떨
릴 뿐

오, 말 탄 자

그대는

*고 임영조의 시 중에서

연탄불을 갈며

컨테이너 간이 함바집 뒤 공터에서
연소 막 끝낸 헌 연탄재 치석 떼듯 떼어버리고
위의 것 밑으로 내려놓고
십구공탄 새것을 그 위에 올려놓는다
하나하나 생식기 맞춰 넣고 아궁이 불 문 열어두면
머지않아
자웅이체가 서로 받아주고 스며들어
한통속으로 엉겨 붙듯
연탄 두 장 송두리째 한 골격으로 활활 타오르리라
둥근 몸피 속속들이 푸른 불길 기어 나와
단세포 목숨처럼 탄 구멍마다 솟구치리라 꿈틀대
리라
왜 통합이고 통일인가
연탄불 신새벽 녘 갈아보면 모처럼 너희도 안다
후끈후끈 단 무쇠 안에서
더 요란스럽게 끓어 넘치는
뭇 사설의 뒷모습들

암 병동 6인실에서

돌아누운 등 뒤로 누군가 가깝게 오며
느릿느릿 실내화 끄는 소리
담도암으로 수술도 어려워 방사선 치료나 다녀오는
그의 눈이 며칠째 퀭하다
검은 그 눈자위 둘레로 마지막 시간들 몰려와 들여
다본다
몸이 섬들이 오지독인가
수십 길 기억의 저 밑바닥 거기에는 무엇이 있는가
두꺼비만 한 회한이, 아니
뒷날 먼 후대 명복(命福)까지 내가 다 허비하고 가
는 것 아닌가
두려운 공포들이 먹구렁이처럼 숨어 엎드렸는가
그의 구원은 어디에 있는가
동면 중의 고슴도치처럼 그는 침상에
할 수 있는 한 몸피 둥글고 작게 말아 웅크렸다
최대한 축소한 그의 앙가슴께 딱딱 맞부딪는 것은
암종인가 때늦은 비애인가
평생 믿고 기댄 신성(神聖)도 불치의 암 앞에서는

무용하다는 겸손인가

　말씀에 기대고 있으나 구원은 어디에도 없다

　죽음이 도피처인 듯 텅 빈 저 옆 병상

　한번 중환자실로 내려가 다시는 올라오지 않는

　그 말기 환자는 어디로 갔는가

　하나둘 자리 뜨는 6인용 병실에

　누가 또 입실할 것인지 동통에 사납게 등 떠밀려
떠나갈 것인지

　세계는 그렇게 잠시 입원했다 퇴원하는 병동인지

　담벼락 견고한 절망에서 앞이 열린다 줄탁으로 생
각이 깨어지며 문이 열린다

　복도 끝 간호사실까지 먼 귀를 내보내놓고 그는 기
다리지만

　등 뒤로 지나가는 무심한 발소리

　왠지 이 밍밍한 무사 무사가 불안하다고

　감각은 결코 기낼 것이 못 된다고

　그는 목숨을 한층 더 둥글게 말고 눕는다

　휴일 면회 시간 끝난 오후

창밖 하늘에 잠깐 머물다 흩어지는
겨울 구름들

낙엽 사경(寫經)

여름내 사경하느라 팔 휘었던 느티나무 가지의
녹음본(本) 금강경들이
땜질한 한두 축부터 찢기더니 끝내는
사주괘선(四周罫線) 풀고 완전 해판하는지
하늘 끝에 우, 수, 수, 우수수 몇 두루마리씩 쏟아
진다
문자 메시지처럼
수천 자 꾹꾹 눌러 쓴 금니(金泥) 사경들이
저 나무 뒤 액정화면에서 반짝반짝 잠적한다
몸이란 그렇듯 한때 유동하는 근기들
판형 따라 집합했다가
다시 해판되는 것,
금강경?
타고 건너온 말의 뗏목 내버리듯
경전이란 없고 실은 뭇 가명들이 있는 것,
다만 진본은 둘둘 말아 공기 다락 안에 되던져 넣
었는지
구름이 대못질하는데도

소리 하나 일지 않는 먹먹한 하늘 마당

마중물 들이부어 저 고목나무 물관부에 쿨렁쿨렁

수액 되뽑아 올리기까지

또 초벌 사경 시작하기까지

내 등 뒤 무심결 떨어지는 상수리 알에

근처 고요 더욱 천 길이리라

먼 산 공제선에 일자진(一字陣)으로 늦저녁들이

초병처럼 몰려 서 있다

이 거처에 앞으로

나는

몇 박 며칠 더 묵어야 하는가

금강산 가서

터진 입들만 벗어서 걸어두었나
대뜸 대형 스피커의 목통 큰 소리로
잘못 살았구나 잘못 살았구나
만물상 밑 협곡을 들어서자
뉘우치듯 자욱하게 휩쓸어 날리는
눈바람들,
갓 봉인 뜯은
저 통회의 소리들은
듣기보다 차라리 고막 터진 귀 밖으로 내다보아야
하리

내장 속 굽이굽이 깊이 잠긴
쉿된 소리란 소리 죄다
아래 뱃살 꼿꼿하게 끌어올려 내지르는
멸족 직전의 어느 시절 소리꾼들인가
공중에 교살된 듯 매달린
삼선암 뒤의 귀면암
뒤의 저 절부암……

여기 일목국(一目國)의 수천 수만 외눈깔을 뜬 거
인 햇볕들은
철거된 구름 마을 폐허의 날리는 눈들 등짝 틈으로
반짝반짝
때 없이 몰린 남쪽 등산객늘 내려다본다

무창포 가서

1

조울증에 끊임없이 오르내리는 물결 틈으로 뛰어
다니며
누군가 몸 던져 찍어 누른다.
깊은 바닷물 밑으로부터 치밀어 오르는,
간이매점 앞 중고 완강기 두더지들처럼
여기저기 불쑥불쑥 머리통 치받는
삭이지 못한 숱한 격정들을
그는 내리치고 뒤덮는다.

벌써 바닷새들이 깡그리 내버리고 간
텅텅 빈 저녁 하늘
거기 키 큰 잔광들이 아무렇지도 않게 썼다 지우는
아니다 아니다
니 마음 다 안다.

내항 방파제에 앉아 나는 발밑까지 밀려와 들썩이는

거대한 뻘물 홑이불 자락을
꼭꼭 여미어줄 뿐,
아직도 속 깊이 덜 삭은 시퍼런 멍 자국들 터져 나
올까
힘싸서 욱여넣어줄 뿐.

        2

괄약근 옴찔옴찔 오므리는
때 아닌 늦추위에 뒤꽁무니 꼭꼭 봉한
수수천의 성냥골만 한
꽃망울들

곧 설사하듯 단숨에 뭇 죽음들 쏟아내리라
저 귀머거리 중팅이 벚나무들

정선 장날

1

　도부꾼들 장짐 지고 와 벌인 시장 바닥 좌판에는 곤드레 나물 서너 죽, 백복령과 황기 뿌리들, 방전된 폐건전지만 한 헛개나무 껍질의 드문드문 식은 얼굴들, 먹거리 골목 번철에서 부침질로 타는 식용유 냄새가 한가롭고 맵다.

2

　중고짜리 착암기로 폭약 심지 묻고 폭파하고 또 폭파하고 묻기 몇십 번인가. 터진 암벽 틈새에 제 발등 하나 온전히 못 묻고 구불텅구불텅 노근(露根)들 반공중에 덜렁댄다. 그 언젠가 남포질 소리도 끊어졌다. 비루먹은 중개만 한 멸문 직전의 조선 솔 그도 나만큼 시간 틈에 붙어 늙었다.

3

　여량 여울목 아우라지 소리는 없고 겉늙은 메아리 몇몇 허공에 쪼그리고 앉아 팥 깍지 까듯 가을볕 툭툭 까 내린다. 그 쪼그린 궁둥이 밑에는 얼마나 숱한 소리꾼들 헐고 목청 쉬어 묻혔나. 숯무이처럼 잠적했나. 마치 막돌 하나 정점에 얹기 위해 모인 수많은 부석돌들 그 아래 함구한 채 압살되듯 저 메아리들이 깔고 앉은 밑자리에는.

4

　난장 아닌 골짜기 어디 있는가.

경주 남산에서

참말, 얼이 들락날락 드나들었다던 얼굴인가
그러나 지금은
안면도 표정도 휘발하듯 모두 닳아 없어진
텅 빈

할매 부처

심혼이 출입하던 생전의 남루한 그녀 얼굴을 닮았
는가
왠지 볼수록 영 낯이 익은
고개 짓숙인 채 감실에 들앉아
만기(萬機)를 잊고 자신도 잊고
박제된 시간처럼 잦아들어 말라붙은.

외딴 노지(露地)에는
지금도 부끄러움 없이 희멀건 궁둥이 드러내놓고
봄볕들
뒤보느라 힘쓰는 소리.

2부

가을 맨드라미

1

근본 한미한
선비는 다만 적막할 따름이다

이따금
무료를 간 보느니

2

간 여름내
드높이 간두에 돋우었던 생각의 화염을
속으로 속으로만 낮춰 끄고 있노니

유배 나가듯
병마에 구참(久參)들 하나둘 자리 뜨는
텅 빈
가을날

화톳불

장작개비에서 불이 다른 장작개비로 옮겨붙는다
장작개비에서 불이 또 다른 장작개비로 옮겨붙는다
순식간에 그렇게
뭇 땔나무가 큰 원형 연옥 안에 갇힌다
불길은 장작 속에서 밑도 끝도 없이
숱한 발가숭이 아이들을 토악질하듯 쏟아낸다
아니 무슨 두려움에선가
수수천 손바닥과 팔뚝들을 허공에 대고 흔든다
그래서 결국 그믐밤에도
드높이 화광은 충전하는 것인가

훨씬 나 어린 철부지들 마음속에
나도
불 달린 장작 한 개비 시침 떼고 툭 밀어 넣는다

박운(薄雲)

벌써 너는
버림받은 늙은 개처럼 시간 밖에서 허기진 뱃구레
를 헐떡이는가
골목 안 쓰레기통 뒤져낸
마른 사골 뼈다귀들이나 체념들
힘겹게 핥고 있는가

얼굴 없는 후회 일순 일순을 출력 중인
서녘 텅 빈 하늘에 또 슬금슬금 나와서는

문인의 초상*

혜산(兮山)이나 구상(具常)은
예술원 회원
그 평소 고집대로 가볍게 사양하며 밀쳐냈었다
5·18때 누구보다 고초 겪은 조태일은
결코 무슨 보상이나 유공자 신청을 하지 않았다

너나없이 제 그릇대로 한세상 담고 살 마련이지만
가고 난 뒤늦게서야 사람이 보인다

* 육명심의 사진집 제목

장곡사 골짜기에서

성근 비 그치자 아름드리 느릅나무들은
그의 육탈된 내부에서
온갖 웅숭깊은 서원들 267개 골편들로 찍어서
사경(寫經) 했는지 관주(貫珠)인 듯 동그라미 친
저것
며느리발톱만 한 잎 잎들에 순백의 빗방울들 내다
걸었다
아니다
몇백 말(斗)은 될까
대목장 때맞춰 으슥히 은닉했던 장물들
줄줄이 끄집어 내놓듯
마구 헤친 저 신품목 화엄들을 되질해 팔고 있다.
도굴꾼들로 봄은
아직도 산과 골짜기 멀리 뒤지며 오가는데……
몇 벌씩 베껴 썼는지
그 뒤 녘 서판(書板)으로 받쳐 쓴 홑벌 하늘이
해져서 너덜너덜 너무 얇다

김포 하구에서

무슨 말이 더 남았는가
상류에서 내려오다 한강 수중보쯤
물 밑 서너 길의 시멘트 암거에서 웅성웅성 토 달
아 읽던
한 시절 경전도 꾸깃꾸깃 속주머니에 접어 넣고 떠
올라 흐르는,
무좀 쏠다 남긴
드디어 빵꾸가 나 너덜거리는
맨발바닥 두 짝도 이보란 듯 상쾌하게 내놓고 흐
르는,
여기 미구의 바다에 막바지 숨 몰아가듯 다가드는
하류의 강물
언제 입도 없이
유역의 수척한 산하를 한입에 꿀꺽 삼켰는지
마음 저 밑바닥에는
크고 작은 퇴적물들 비닥재처럼 무시로 쌓이고
상강(霜降) 철 드높은 하늘 밑
일이천 장 햇볕 잘 먹인 장판들을 깔기 위해

일망무제(一望無際) 묵언으로만
제 몸을 익숙하게 펼치는
그 강물

그렇게 누군가에게 가던
생각도 흐름 끊고 깊어지면
게서 더 무슨 말이 필요한가
무슨 말이 더 남았는가

경기 침체와 실업의 날에

미륵전도 그 무엇도 아닌
카타콤 지하철역 어둑한 통로에
머리와 두 무릎 두 팔꿈치에 왕 나사못 꽉꽉 조이고
오체투지한 몸을 연꽃으로 활짝 열어 올린
홈리스들
자식 넝쿨도 둥근 잎 손바닥도 모두 끊어 지우고
중통외직으로 깊은 진창에서 꽃대 뽑아 올렸는지
맑은 향내 대신 썩은 소주 냄새 진동하는
화관, 그 텅 빈 우그러든 깡통에 씨눈 대신 늦여름
몇 닢
소리 없이 뒹군다
이 진흙 밭 지옥에서
다시 언제 두 발 뽑아 뜰 것인가
긴긴 마음 파산의 날에
고통을 통해 더는 가르칠 것도 없는데
미지않아
대궁 줄기 꺾이고 무너져도 연밥 속 방방에 작은
미래 영글 일도 없는데……

가을이 드는 것을 몸이 먼저 알았는지
신열 속에 지하철역 지하도 통로에
오체투지한 노숙의 육괴를 활짝 꿰뚫어 올린
정체불명의
연꽃들.

그래, 아름답지 않은 꽃 시절도 가끔은 있다.

소한(小寒) 무렵

팔달산 밑 외채 농가형 단층집 시멘트 담 밑에 종
신(終身)이라도 보러온 듯 눌러앉아
시든
쑥부쟁이꽃

여태껏 그 무슨 말 못 할 우환에
속 태웠는지
저 모르는 사이 남들에게 걸림돌 되지는
않았었는지
웬 숱한 낙심(落心)들로
저리 얼굴 푸르딩딩 질린 사색(死色)인가

등 뒤에 얹힌
수천 톤급 폐함 같은 폭삭 삭은
하늘이
치매 앓아 온갖 일 까맣게 잊은 듯
잡생각 없는 단색으로 투명하다

아버지 가신 날

낙화

하늘가 대폭짜리 걸개그림처럼 내려 걸린
매연 오염 띠 앞에
무더기무더기
밤낮 없이 화톳불들을 지펴놓았다
그 만개한 왕벚나무들 화염 속에서 진화 작업이라
도 하는지
컥, 컥, 숨 막히는지
끊어 뱉는 토막 기침들
아니 대기의 자궁 속에
몸 말고 들어 있는 태아처럼
그냥 박힌 낙화들

사람은 암세포 세 든 폐의 사망률이 삼십 프로 이
상이지만
올봄 정신 망가진 벚나무들 낙태율은 얼마?

11월 설악산을 보며

중심에서 멀리 나간 말단들은
봉고파직(封庫罷職)하듯 툭툭 끊어내야 한다
물관부에서 그물맥이 나가는 잎자루께 제방 쌓고
뭇 하위직들 발목 끊고
마음 옆 틈으로 새지 않도록 재삼 꼭꼭 여미고
분사하듯 뛰어내려야 한다
그러고는 박피 밑이라도
좀더 많은 목숨 쟁여두어야 한다
누구나 혹한 중에는 비장의 목숨 두세 마리씩은
도살하며 견디게 마련이지만
벌써 10월 하순 지나면 표고 600이상에서는
관목들
행이불언(行而不言), 행이불언으로
회 떠낸 생선 가시처럼 뭇 기억 일체를 벗고
빈 골격만으로 8부 능선에 긴 행렬을 짓는다
간두에서 사위어 떨어지는 불꽃처럼
붉고 노란 물감들을 둘러쓴 나무들의 생존 전략,
그렇게 삶이란 단죄하듯 자신을 죽이고서야

사는 일임을 독파하면서
이 가을 정리 해고 현장에서 나는 본다
노숙으로 떠돌다 순식간 허공에서 쓴 소주 빛깔로
휘발하는
지하 세계 깊숙이 매몰하는
낙엽들을

누가 고요의 얼굴을 봤는가

누가 공중에 꾸불텅꾸불텅 장장하일(長長夏日) 도
수로(導水路)를 파내놓는가
틈성틈성 선 상수리나무들 우듬지와 속 가지에서
그 건너 나무들의 곁가지와 우듬지께로 건너뛰는
도수로에는 온종일 할딱할딱 딸꾹질하며 떠 흐르
는 쓰람 매미 소리
고요할 때 고요 속으로 더 깊이 침하해야 한다는 듯
곳곳에 도열한 나무 벽 틈으로 스며드는
그 쓰람 매미 소리 속에는
더러 참수형으로 모모의 대갈통 떨어지는 소리
예 저기 부서지고 남은 문짝들 돌쩌귀 찌걱이는 소
리……

시골 아파트 단지까지 신불자(信不者)로 떠돌다
들어온
땟국 꾀죄죄한 한 그루 송장풀이
길 한 켠으로 비켜 누운 채 매미 소리 돋우어 베고
보여주는
대황(大荒)의 고요
이 여름날의 욱신거리는 적요여

순천만

아서라, 무슨 회한에 제 옆구리 저리 깊게 찢어야
했는가
이 굽이 저 모랭이 찢어지고 뜯어지며
그렇게 뉘우침 만나 들어오던 길인가
나가던 길인가

만곡 깊은 순천만 안쪽에 서서 나는 내다본다
회한에 뼈가 녹으면 누구도 제 몸 저리 찢을 수도
있다는 걸,
그리고 하구 수만 평에 들어선 갈대들
그동안 빌려 입었던 낡은 몸 벗어 고스란히 반납하
는지
몇 벌 내장 기관 새로 지급받아 조립하는지
해종일 쉰 목소리로 웃다가 그치다가 떠들다가……
번쩍이는 자재들 가득 쌓아둔
수만 평 재건축 공사판으로 저무는 걸
그 무슨 회한 또 오기 전
그 무슨 회한 또 오기 전

매화

뒷방 벽에 똥이나 척척 이겨 바르듯
제 몸 엉덩이나 바짓가랑이에
얼어터진 꽃 몇 방울
민망하게 묻히고 선

치의(緇衣)*마저 나달나달 해진 오 척 단구의
매화 등걸
그동안 몸으로 꽃 열더니
이제는 똥칠인 듯 항문으로 여는가

모처럼 아파트 담벼락에 해바라기하고 선
그에게서
이념의 마비에서 풀린 송장을 발견한다
가진 것 없을수록 사람이 얼마나 고강해지는가를
발견한다

머지않아 앞산들
물렁뼈 닳은 무릎걸음으로 다가앉기 시작하리라

응결된 내상들 화농해 쏟아져 나오듯
나날이 녹음들 쏟으리라

* 검은 승려복

처서 부근에서

처서 지나 멀쩡한 푸나무들 안에서
누가 자동 펌프라도 끄는지
밤낮으로 푸르르 푸, 르, 르 시동 꺼지는 소리 들
린다
일대에는 휘발하는 목숨들의 통랑한 냄새 진동한다
전원 플러그 뽑고 샘물 바닥 깊이
머리통 쑤셔 박고 쿨럭쿨럭 마지막 물켜는
흡입구 호스 그것도 사려 얹고
여름내 퍼 돌리던 심장 속 양수기 철거한다
길 넘게 퍼 올렸던 수액들도 화물 승강기 덜컹대며
내려가듯
물 도관을 되돌아 내려간다
고장 난 부속들과 반벨* 같은 독약들도 몇 푸대씩
싣고
처서 부근에서
주춤주춤 내려간다
늙음이란 하루하루 지하로 철수하는 일
폐허인 내면을 폐쇄하는 일

그렇다 더 멀고 험한 길 준비에
제 몸 깊이 살아온 시간을 거두어들이는
풀과 나무들
건설 현장 화물 승강기처럼 늦여름을
밤낮으로 무릎 관절 밑으로 실어내리고 있다
그 노역에 등 벗겨진 둑 밑의 항가새 하나
눈알만 유난히 붉은 날

* 제초제의 일종

대설경보 속에서

몇 킬로톤급 눈 폭탄 터진
이 일망무제 은색의 폭압 체제 속에서도
약초밭마다 숙근초에
선퇴(蟬退)처럼 몸 오그라 붙은 마른 그루들
그들 가운데는
마지막 바벨탑처럼 새움 몇이 교만을
밀어 올리다 숨었을 것이다
왜 그 굉걸한 황금탑은 무너졌는가
왜 매미 허물처럼 인간들은 탐욕을 헛되이 벗어놔
야 했는가
차렷 자세로 선 채 자연 앞에
교만이 툭툭 여지없이 꺾이는
그런 굴복이 여기서는 아름답다
폭설로 피폭당한 초토의 현장에서
무릎 꿇고 회심에 든 마른 줄기들
각자 내면의 무기력을 들여다보며 고개 꺾는다
수수백 번 일체 사유를 고치고 다듬고 해체하고 복
원하는

저들의 은밀한 마음의 중창(重創),
사글세 집도 집은 집이어서
누추한 지금 시간에 우리는 그냥 세 들어 산다고
단기채 빚처럼 빌려 쓴다고……
말이 그렇다는 것이지 절맥된 도처 산줄기, 면 단
위 지역의 고층 아파트 군, 반쯤 낙나 반 방조세들,
그렇게
끝없는 착취와 겁탈을 당하는 오늘 시날 평야에도
앞 세상 건너다보며 게워낸
누구의 속엣말인가
연일 스티로폼 인조 환약처럼 날아다니는 눈들
아직도 하늘을 치받고 섰는 시멘트 골조들 곁 약초
밭에서
겸손을 가르친다고 차수한 뭇 새움들이
일제히 침묵으로 뒤덮인
일망무제 은색의 강설 속에서 복속하듯 계속 툭툭
몸 꺾어 내리고
머지않아 눈 폭탄이 일괄해서 지워버릴
이 겨울 폐허가 아름답다

옛날 국수를 먹으며

통멸치 우려낸 장국에
몇 사리씩 삶아 건진 생각들 느물느물 풀려 떴다
이 히스무레하고 부드럽고 수수하고 슴슴한 것*들 속에는
염천교 다방 골목이나 창가(娼街)의 한낮을 누비던
잡화 행상으로 떠돌던 주인 사내의
슬프나 결절 없는 속 가락들이 올올이 함께 풀려 떴다
얼마나 속속들이 풀려야 완벽하게 우러난
돋을새김 담백한 맛으로 깊어지는 것인가
헐벗은 쉰된 속 내부 몇은
둥근 양재기 안에 적멸의 낙을 누리듯
얼굴 없이 엎어져 떴는데

폐광이 된 금구덩이들이
산비탈 버력들 틈에 상처 핥은 짐승처럼 숨어 있는
금구면 사무소 앞
민속 식당에는

* 백석 시「국수」중에서

목숨 꽃

읍내 시장 갱로(坑路) 같은 깊은 골목에
좌판들과 점방들 지천으로 몰려 있다
만두집과 생선 가게, 스티로폼 상자 속에 은화식물
꽃술처럼 박힌
먹갈치꽃, 대발 위 한 무더기씩 쑥개떡과 절편 들
벌여놓은 떡집들
왁자지껄 시도 때도 없이
가장 낮은 이 진창 바닥에도 무슨 내용 없는 꽃이
라고 목숨 꽃들 핀다
제각각 빛깔과 향기를 속 깊이서 끌어올려 혼신으
로 핀다
사람이 혼몽하듯 취하는 것은
늦은 귀갓길 청옥을 투명하게 깎아든 새잎들
속의 만개한 산벚꽃들에게서만이 아니다

바람에도 뼈가 들었는지
장날 허공은 우두둑우두둑 무너져 내리는데

봄바람에게

이맘때가 되면
허공에서 뛰는 바람들에도
암컷 수컷 따로 있어 암컷 떼 수컷 떼로 몰려다니
는가
정말 4원소 과(科)에서
양성생식 과(科)로 단번에 과전환 시술했는가
서로 참혹하게 어르고들 뒹구는지 물고 빨고들 핥
는지
해종일 흉골에서 늑골까지 우두둑우두둑 뼈 부러
지는
괴성들 토해내는가

먼 황사 속 벗겨낸 침대 시트만 한
하늘 죽어 떠 있는 날

3부

마음經·33

담쟁이덩굴이
겨우내 전담 수비수들처럼
연수원 높은 뒷담에 몇 발씩 몸을 척척 내다 걸었다
통회하듯 바스라지는 골격만으로도
당당하다고
못 내세울 일 없다고

황사 사막에 등 파묻고 삭는
마애불처럼
막판 절정을 드리블로 몰고 오는 봄 앞에서

마음經·34

소낙비 그친
목멱산 와룡묘 밑 배수로에는 웬 말문들 난데없이
터졌는지
칠 벗겨진 헌 문짝 열고 나온 수수백만 마디 말들
이 빠져 내려간다
너무 오래 서 있었다는 듯 허리 삔
저 건수(乾水)들 누워서 누워서만 내려가는데
김포 지나 황해까지는 너덜너덜 해진 입들만 고작
들고 갈 것인데……
케이블카 올라간
뒤 공중의 철거된 구름 마을에는
문 앞 쓸었는지 문 뒤 쓸었는지
앞뒤 없이 그냥
누군가 잘 비질해놓은
대규모의 푸르른 한 마당

나옴이 없으니 들어감도 없다는
없다 항렬 공부를

갓 시작한
선들바람 속 이 여름 망초대의
내관으로 돌아 들어가는 길이 까닭 모르게 환하다

마음經·35

욕창이 움푹움푹 꺼진 등판과 하반신을
일회용 물티슈로 닦고 또 씻어낸다
매일 똥오줌 기저귀 갈아 차면서
벌써 몇 잠째인가 뼈골만 앙상하게 남겨진 채
뒤꽁무니로 뭉턱뭉턱 쏟아져 나온 썩은 과거와
구린 비애들을
그렇게 몸을 하루도 거르지 않고 속속들이 허무는
일개미만 한 시간들을
벗어놓은 누에 허물처럼 노인용 디펜드*에
휩쓸어 뭉쳐 내놓는다
넉잠에 든 누에가 고치 짓듯이
이 피골이 상접한 치매의 끝판을 짓기 위하여
살의 감각을 가닥가닥 올실들로 뽑아서
사람의 막바지 둥근 존엄을 얽어내기 위하여
마지막 망각의 섶 틀에 허리 오그린 채 올려졌는가
뒷물로 씻고 닦는가
아, 이, 우, 아이, 우
아직도 체내에 응축된 목숨이

매설된 크레모어 지뢰처럼 이따금 폭발하는
그의 통각(痛覺)도 없는 쇠잔한 나날들

이 여름날 어머니는 똥 자리 치운 방바닥을
뒤 소쇄로 골똘히 지우고 닦는다
무슨 경전인 듯 완벽하게 지우고 나면
거기
당신 대신 웬 세상 환히 드러난다는 듯

* 노인용 기저귀의 상품명

마음經·36

모처럼

첩첩 번문(煩文)에서 풀려난 마음 뒤쫓아 어디로 갈까

불 달은 청옥돌을 그 속에서 담금질하는지

푸시시푸시시

시시각각 옥빛 때깔 짙게 우러나오는 하늘가에나,

여름 공사장 흙먼지 두꺼운 쓰개로 둘러쓰고

터진 입속 빨간 잇몸 시큰대는 배롱나무 늦꽃에나 가서 놀까

아니다, 그렇구나

황동규 선생 따라가 놀던 곳

예수도 불타도

시치미 뚝 떼고 불러내 대담하던

해미읍성에나,

그 대담장 비켜나와 성 밖 기념품 가게에나 슬몃 들러

말씀들에도 원산지 있는지 수입산 국산 있는지 골라볼까

망명시키듯 이미 내륙 깊숙이 뒤로 빼돌린
속 믿음들 저 혼자 잦아들고 나면
썰물 빠진 갯벌처럼 짓이겨진
육신만
교수목에 쓸쓸함으로 식게 걸어두고 말까
내장 마르는 명태처럼
높새바람에 너덜너덜 몸 해질 날만 기다리다 말까
우왕좌왕 열린 그대로 그렇게
문 활짝 열어두고 마지막까지
첩첩 번문에서 풀려난 마음 뒤쫓아
헤매고 싶은가

마음經·37

대각전(大覺殿)에서 대각에 들었는가
어깨에 침 꽂는 가을 모기에도
홑겹 섬유 옷 뚫고 팅팅한 기부(肌膚) 속으로 거침
없이 파고드는 세침에도
그는
전법륜의 두 손 풀지 않고 그대로 웃음 들고 앉았다
무거운 것 무겁지 않게
막 삼매에 든 그 웃음을
와장창 내려놓고
앗 따거
어깨를 후려치는,
아니다, 몸 안의 감각 모두 내려놓는
살 속 깊이에서 통각을 빡빡 문질러 지우는 그의
저 일이
대각? 혹은 소각?

피 탁 터뜨리고
제 몸 가뭇없이 증발한

모기는
또 무슨 해탈에?

마음經 · 38

소태맞은 소태나무 둥근 나이테 안에 태아처럼 웅
크렸다
그러고 보면 뭇나무들 만삭이어서 모두 안정 취하
고 섰다
가끔씩
그루 하복부에 무슨 욕망이 발길질하며 노는지
나무들 진저리치듯 몸 흔든다
그들에게 있는 것은 시간뿐
아직은 서가에서 책등 해진 책 뽑듯
투명한 시간들 뽑아서
읽거나 덮어두거나 하지만
저 식물 내부에서 은밀히 폭발하는 동물들,
누가 방목하듯 모는지
두, 두, 두, 떼로 달리는 목숨의 발굽 소리······

봄 숲은 현장 보존 잘한 피 튀기는 종축장인가

마음經·39

결복(関服)하는 칠칠(七七)제가 끝나고
절 뒷마당 소각로에 와
신발도 헌 옷가지들도 모두 소각했다

마음속 시신 한 구
누군가
십육억 몇천 리 시간 밖으로 가라앉게 놓아주는
것이
편안하게 놓아 보내주는 것이
보이고……

끝물 눈마저 속속들이 쓸어낸
말짱한 하늘가
그래, 그래 사는 동안 남몰래 삭이던
옭매듭들 다 풀고 갔는가
후질러 둔 빨랫감 같은 몇 줄 연기들이
일부러 그때서야
잠적하고 있다

마음經 · 40

웬 점막 뚫어진 콧구멍들인가
간밤내
허공 구석구석 쿵쿵거리며 후각 끌고 어슬렁대더니
저 비염 걸린 벚꽃나무
수수만 홀(穴)들 콧구멍을 벌름벌름
일제히 열었다
몸 복판에 비상용 발전기 놓고
진기 뽑아 돌리는지 뿜어내는지
일대가 몇천 럭스 둥근 광배를 새하얗게 둘렀다
벌름대는 수만 송이 콧구멍들
필로폰처럼 갓 만난 물상의 새물내 흡입하면서
벌써 대형 사고 친 폐차처럼
오늘은
뭉개지고 구겨져 너덜대는구나

한 생각에도 삼천 대천 세계 들어 있다더니
단벌 콧구멍 속에서도 코피 나오듯 코끼리 긴 상아
들이 핵과들이 쏟아져
나오겠구나

마음經 · 41

아무리 강고한 체제라도 새는 말은 샌다
암벽처럼 깎아지른
이 꽝꽝한 고요에서도
때로 튼 금 비집고 누수처럼 스며 나오는 것,
아마 저 안에는 폐허 꽉 차 있는가
온갖 폐자재들 사전 풀이 말처럼 천정까지 쟁여
있어
그것들 미끌미끌 살아 비어져 나오는 것,
마음의 퇴락한 툇마루께
툭, 툭, 등청하듯
현신하는
소리 몇 낱
환갑령 너머
집채만 한 고요 밑에 쭈그려 앉아 나는 듣는다

빈손으로 왔습니다
그럼 내려놓게
아무것도 없는데 무얼 내려놓습니까

그럼 들고 있게*

* 조주 선사 어록에서

마음經 · 42

굽은 것 앞에서는 굽은 대로
곧은 것 앞에서는 곧은 대로
하루에도 몇 번씩 그는 둔갑술 하듯 신색(身色) 바
꾸어 산다

순천만 뻘밭가
내력 없는 기진개*처럼
내 마음속 어느 철면피한 사물이여

* 칠면초(七面草)의 다른 이름

유마힐이 그토록 귀의하려 한 대중들 누구누구인가.

목먹산 순환로에는
안면 모두 쏟아버린 시각 장애인과
간 겨울 고사한 풀 자리마다 용수철처럼 튀어나온
싹과
연일 과로에 입 불어 터진 벚꽃,
탁발 내보낸 듯
길가에 등짝만 내놓고 엎드린
암석……
민얼굴 면면들을 봄볕 속에 환하게 내놓고 있다.
경전의 대문(大文)인지 견고딕체 돋을새김들이
띄엄띄엄 헐겁게 떴다.

누가 우그러든 양은솥 밑바닥을 득득 달창 숟갈로
라도 긁는가.
허공에는
설 누른 밥티처럼 켜켜로 일어나는 것, 무시로 떨
어지는 것,
저 묶음 처리 잘된 낙화들
발 디딜 틈 없이 떴다.

성근 묏비 속에 비설거지 채 못 한
왕벚나무들이 열어놓은 양은솥들, 양은솥들,
박정자 삼거리에서 동학사 입구까지의.

지금도 그 큰 솥에 다시 안쳐서 삶는 것은
죽음인지
시간인지
뒤적대는 빨래 주걱으로 수수십 동 종이 빛 인조견
건져 널고 있는데……

생전의 김구용이 읽다 만 목판인가.
끝끝내 해독 안 된 자구(字句)들 며칠째
절로 들어가는 마음 길에
제법 폭우처럼 쏟아진다.

마음經 · 45

어느 때는 처마 끝 녹슨 풍경 안에 은신한 청동 물
고기로
후, 다, 닥 튀어 올랐다가 잠적하는

어느 때는 엉뚱하게 도청길 바쁘게 날리는 낙화들
틈새
잠깐 뒷모습 두었다가 잠적하는

그렇게 잠적에서 잠적으로
뭇 현상들의 뒷길로만 경공술로 나는 듯 자취 없이
달리는
천 길 깊숙한 잠행이여

텅 빈 허공에서도
그립다 마음 쏟으면 불쑥 나타나 보이는
보이다 불쑥 안 보이는
누군가의 가뭇없는 발소리

시작도 끝도 없이 흐르고 흐르는 바람이여 인연이여

마음經·46

시상대(屍床臺)로나 쓰려고 간수해온
구옥 마루에서 뜯겨 나온
박송 한 쪽
벌써 다섯 자 두 푼 살과 뼈는 부식되고 녹아서
다만 발굴된 미라처럼 한 매듭 옹이로만 살아남
았다.
이것도 조선소나무의 생존 방식인가
깊이 감아둔
제일 긴 결은 꼭 풀어내야 한다고
겹겹이 안으로만 둥글게 두 무릎 감싸 안듯
결 쫓아 들어간 옹이.
살아서 받은 것 모조리 되돌려주고 잔해마저 없어
진 다음에야
가장 늦게 출토된

이 선연한 본색.

마음經 · 47

북천(北川) 골골마다 묻힌
녹 안 낀 실어증들 남김없이 훑어냈는지
통짜 생나무 토막만 한
몇십 몇백 둥근 물기둥들 밤새워
문답 놀이인지 숨바꼭질인지 얼크러 설크러져 왁
자지껄 떠내려갔다
때 아니게 그렇게
가을장마 며칠에
만 리(萬里) 물길 모조리 패어나간 자리
자갈 틈에 난데없이 와 걸린 신원 불상의 한 뿌리
갯개미취꽃,
살아 있다는 것이 얼마나 장엄한지
날강날강 해진 속팬티 차림인 채
목젖 없는 입으로 등짝 오그리고 끅끅거린다

낙락송 솔밭 너머 오랜만에 햇볕 든 만해마을이
한결 으늑하다

입동 끝 무렵 이상 난동에 때 지난
몇 점 꽃 겨드랑이에 숨겨 끼고
등짝 돌려 앉은 씀바귀,
대부둑 마른 억새풀 속에 버림받고 혼자 있다
늦된 자식 걱정인가 열매 몇 톨 꼭꼭 속 채워 여물
리는 불안 초조인가
노추의 궂은 잎 떨구며 몸피 여기저기 울끈불끈 푸
른 부름켜 돋우고 있다
그러나 보라
이웃 뭇풀들 좌탈입망(坐脫入忘) 하듯
제 몸뚱이 속속들이 환히 울궈내며 햇볕 속에 말리
는데
할 일 모두 끝냈다는 듯 잘 여문 씨앗 헐겁게 쏟아
내는데
지난여름 겪은 지옥을
살 속 깊이 임모(臨摸) 하듯 새겨 넣은
씨앗 부처들 툭툭
발밑에 묻는데

자식 농사 때 기운 씀바귀,
결국 성가 못한 꽃이나 옆구리에 매달고
된서리에 허리통 꺾고 머지않아 초주검으로 늘어
지리
녹음 지나고 노랑 지나
잎끝에 막 붙은 자줏빛 불길 속에
분신하는
제 새끼들이 내버린
어느 늙은 노파
일자로 뻗은 둑길에서 비켜 있다

마음經·49

예순 해 넘어서도
비루먹은 짐말처럼 비척대며 발품 쏟다 보면
뭉텅 닳은 발굽 쇠답게 구덕 살 덧댄 발바닥에도
숭, 숭, 숭 빵꾸가 난다
무좀 번성한 살 구멍이
장난처럼
뻥 뻥 뻥 뚫린다

그러나 억울해하지 마라
그동안 드나든 뭇 골목길에서 지익지익 끌던 너의
구둣발 밑에서
정작 힘없다고 목숨 없다고
짓밟히고 으깨어진
창생들 얼마나 많았는가
억조나 된다고 근수도 못 달았던

마음經·50

옛 드라마센터 앞 벽면에
오규원 시인 1주기 추모제 대형 걸개 사진이 내걸
렸다

백천만억 생각들 세입자처럼 들어 살던
뭇 생살이 모누 다비되고 난 뒤에,
알겠다,
인간이 유한을 극복하는 길은
고작 누더기 몇십 행짜리 기록물임을
누추한 시인 누구나 몸 바꾸어 시신(詩身)으로나
사는 길임을

때맞춰 남산 뒤 2월 하늘에는
입장객들이 저녁 서리들이 열 지어 섰는데

마음經 · 51

코 꿰어서 걸린 허공들이
꼭 덕장의 학꽁치 타래들처럼 빽빽하게 걸려 흔들
린다
가을날이면 빈자리 없이 누군가
백천만 마리 등 푸른 똥자루들을
녹슨 철사 줄에 꿰어 저리 내거는가

번창하던 뜬구름 공단의
생각들 깡그리 궤멸한 뒤

더러 허리 구부리고 더러 구걸하러 땅 갗에 납작
엎드린
고산 식물 자치구
소수 민족 같은 것들
그날 오전에만도 운무는 저들의 왜소한 등짝이나
낯바닥을 사정없이 밟고 넘어갔다
손 뻗어 올이 해진 원주민 홑바지 속 들춰 보면
뱃구레께 감춰둔 불알만 한 병꽃들
줄줄이 끌려나오고……
오, 여기서도 내면 깊이 서로 내왕하는 토굴 길 한
가닥이여

사람에게서 사람으로 건너가는 은밀한
통로도
그렇게
깔때기 모양 꽃 속에 열려 있는
함백산 정상

마음經 · 53

무슨 번열증인가 좀 쏜 무명 치마폭 훌렁훌렁 들춰
보인다 양 길 옆 은사시나무들 갈보 떼처럼 등 돌려
선 채 공중의 빈 광주리에 속 순결 몇 벌씩 홀딱홀딱
벗어 던지는가 은회색 수천수만 잎사귀들이 조막손
쥐었다 폈다 환장한 듯 다시 탈탈 턴다 마구리 꼭꼭
동여맨 포대자루 닮은 저 나무들 내부에 갇힌 것은 무
엇인가 쉴 틈 없이 죽을 힘 쓰듯 안에서 발길질하는
것은 누구인가 제 몸에서 탈신하려는 무슨 정신인가

큰바람 오기까지는 아직 멀었는데
사람 떠나고 소식 없는 긴 골짜기
마음의 격랑들을 웬 잡목들이 설치 미술품처럼 걸
어놓았다
이따금 녹화한 햇볕들 CD에 구워
밀반출 중인 몇 낱 구름들
저들 관심 밖으로 떠 흐르는데

마음經·54

국수 그릇 전에 퉁퉁 불어터진 허벅지 척 올려놓은
면발 한 오라기
마치 널 속에서 식은 발가락들 내보이던 누구와 같
다*

늦서녁상의 불국수 빈 그릇
오이소박이 한 보시기

"무엇이 네가 이 세상 여기까지 온 뜻이냐 응답하
라 오버"
"먹고 난 독상이다 삶이란 상은 누구나 혼자 받는
다"

퇴근 늦은 아들이나
문학 모임에 출타한 아내가 없는
식탁에 둘러앉은 뼈 그릇들이 교신 중이다
텅 빈 거실만 한 늦저녁이
양 귓속에

들어 환하게 달그락댄다.

* 부처가 열반 때 보여준 일화

마음經 · 55

첩첩이 모여 놀던 저녁구름들 뿔뿔이 흩어져 제 집
돌아간다.
성근 빗 낱에 씻긴
먼 산 뒤통수
환한 쪽빛 속에 둥글둥글 돌출했구나

마음 밖인가 마음 안인가
내 가고 난 뒤 여느 때 역시 저와 같으리

사경(死境/寫經)의 시학

김 수 이

왜 너는 새롭게 거듭날 줄 모르는가

왜 세세년년 부랑하는 철새처럼

어디로부터 또 여기까지인가

왜 제 몸의 송장들을 끌고 와 저렇게 내버리는가

천편일률의 똑같은 붉은 울음

똑같은 붉은 꽃들을.

　　　──「마음經 · 22」(『홍신선 시전집』, 산맥, 2004) 부분

나에게서 몸을 왼통 독채로 빌려쓰고 있는 너는 누구냐

이제는 마모된 장기들 틈에서

부패도 묵은 눈 녹은 물처럼 스미고 스며서

비어져 나오는

늙은 질병, 죽음아..

　　꽃들의 눈부신 만개와 쇠락을 "천편일률"의 획일적이고 무의미한 반복이라고 노래하는 시인이 있다. 벼락처럼 지는 아름다운 꽃들을 두고, 꽃나무가 "제 몸의 송장들을 끌고 와 저렇게 내버리는" 것이라고 끔찍한 내막을 발설하는 시인이 있다.

　　꽃이 꽃나무가 내버리는 "제 몸의 송장들"이라면, 꽃이 피고 지는 동안 꽃나무는 제 몸의 도처에서 수없이 삶과 죽음을 경험하는 것이 된다. 꽃나무뿐이겠는가. 살아 있는 모든 것들은 제 몸의 곳곳으로 삶과 죽음을 겪어내느라 "새롭게 거듭날 줄 모르"고, 조금씩 "마모되"고 "부패"해 "늙은 질병"에 이르게 된다. 나무의 몸속에서 화려하게 피어나는 꽃들은 계속되는 "마모"와 "부패," "질병"의 실체이자 징표인 것이다. 그리하여 "천편일률의 똑같은 붉은 울음"을 토하는 꽃들은 모두 하나의 방향성, '죽음'을 가리키고 있다. 삶(의 경험)이 이처럼 죽음(의 경험)들로 가득 채워져 있다니. 죽은 자 앞에서 산 자들이 고개를 떨구고 이야기하듯이, 정녕 살았다고 할 것이 없는 것이다.

　　그러나 죽음이 아니라면 몸의 온갖 구멍들에서 "스미고 스며서/비어져 나오는/늙은 질병"을 물리칠 수 있는 길이란 사실상 없다. 삶을 종결함으로써 불치의 몸을 완전하게 '치유'하는 능력은 죽음이 가진 고유한 미덕이자 위력이다. 죽음은 바꿀 수 없는 우주적 섭리일 뿐만 아니라, 이성적인 사고를 통해서도 같은 결론에 도달할 수밖에 없는, 삶의 불가피한 귀착점이기도 하다. 죽음만이 삶의 진정한 짝패로서 삶이 삶다운 것이 될 수 있도록 호응하고 독려하기 때문이다. 죽음이 스스로 완결된 동일성을 지닌, 그 자체로 부족함도 군더더기도 없는 것이라면, 삶은 타자들에 둘러싸여 타자들로 붐비며 요동치는 불완전한 것이다. 죽음의 닫힌 동일성은 타자들이 개입할 가능성으로 열려 있는, 혹은 타자를 향해 처음부터 열려 있는 삶의 속성과 선명하게 대비된다. 삶이 미지의 가능성으로 넘치는 강렬하고 위대한 것이면서, 동시에 턱없이 무르고 허약한 것이기도 한 이유는 모두 이 열림의 속성에 기인한다. 몸에 뚫려 있는 수많은 구멍들이 그 구체적인 존재론적 증거들이라 할 것이다. 이 구멍들에서 “비어져 나오는 늙은 질병, 죽음”은 삶의 위대한/허약한 열림의 다른 이름이자, 그 마지막 종착점이 된다. 여기서 종착점이란 질적인 산물이나 결과가 아닌, 말 그대로 어떤 여정의 예정된 최종 지점을 의미한다.

홍신선의 시는 몸의 온갖 구멍으로 쉬지 않고 쏟아져 나오는 삶/죽음들, 혹은 타자인 죽음과 이미 한몸을 이루고 있는 삶이라는 불가역적 운명에 대해 깊이 천착한다. 그 운명을 살아내는 주체는 각각의 몸, 개별자들이다. 홍신선은 자신 역시 하나의 몸/주체/개별자로서 삶과 죽음의 존재론적이며 실존적인 사건을 어떻게 내면화할 것인가의 문제를 시의 저변에 둔다. 홍신선이 거의 평생에 걸쳐, 특히 1991년부터 발표한 「마음經」 연작에서 궁구해온 것은 죽음을 본질적으로 포함하고 있는 삶의 난경(難境)에 관한 문제이다. 주제의 일관성의 측면에서 볼 때 홍신선의 시는 전체가 하나의 연작을 이루고 있다고도 할 수 있다.

홍신선은 각 존재가 삶과 죽음을 겪는 운명적인 방식과, 삶과 죽음 자체의 본질적인 관계에 주목한다. 죽음은 개별자가 자신의 전 존재로 경험하고 사유해야 하는 것이지만, 오직 삶의 편에서 일면적으로 접근해야 하는 것이기도 하다. 살아 있는 존재가 불완전하나마 알고 있는 것은 삶뿐이며, 이런 그에게 죽음을 이해하는 일은 삶을 통한, 삶의 쪽에서 본 죽음을 이해하는 일에 국한되기 쉽다. 삶과 죽음의 일방향성 진행 속에서 존재는 삶과 죽음을 일종의 불균형한 관계로 경험하게 된다. 삶은 죽음을 미리 살아내고 추후에도 기억하고 애도하지만, 죽음은 삶에 대해 어떠한 사전이나 사후의 예우도 격식도 갖추지 않는다. 죽음은 다만 징후와 증상의 형태—앞서 언급한 것처럼, 수없이 피고 지는 꽃들, 삶의 한 부분으로서 쉼 없이 진행되는 질병 등—로 삶 속에 끊임없이 개입하면서 묵묵히 자신을 현시할 뿐이다. 죽음의 현시는 삶/죽음의 주체의 의사와는 무관하게 전개되며, 시간의 흐름에 따라 점차 명료해지면서 실체를 얻는다. 그 현시가 돌이킬 수 없는 명

백한 사건이 되어 삶을 능가할 때 마침내 죽음은 실현되는 것이다.

역으로 말하면, '죽음'의 별칭인 "늙은 질병"이 전모를 완전히 드러내기까지 몸은 결핍이자 잉여인, 욕망이자 좌절인, 유위이자 무위인 삶의 전복 불가능한 시간을 산다. 이 유한한, 불가역의, 무명(無明)의 시간에 묶인 몸의 저 무상한 변화의 부산물을 일러 홍신선은 "제 몸의 송장들"이라고 부르고 있는 것이다. 일반적으로 '꽃'을 생명력의 정수로 보는 시각에는 삶을 '삶의 동일성' 안에 응집하려는 지향성이 들어 있다. 그에 반해, '꽃'을 "제 몸의 송장들"로 판명하는 홍신선의 시선에는 삶을 '삶·죽음의 (부)조화와 (불)균형의 과정'으로 보는 실재 중심의 관점이 내장되어 있다. 홍신선은 삶이 삶·죽음의 혼융체라는 전제 아래, '꽃'을 생명과 우아의 미학보다는 죽음과 장엄의 미학을 구현하는 오브제로 채택한다. 물론 이 경우 죽음은 삶의 한 지점이나 계기로서, 삶과 불가분의 관계에 있는 것으로 시종 관철된다. 한 예로 홍신선이, "마지막이 있어서 늘 장엄한 저들/대살육판의 낙화여"(「벚꽃 대전(大戰)」)라고 노래할 때, '낙화'는 벚꽃나무가 "제 몸의 송장들"을 무수히 치러야 하는 "대살육판"이자 '마지막'(죽음)을 장엄하게 살아내는 삶의 현장이 된다.

삶/죽음의 이중적인 운동성을 지닌 삶의 현장에는 그에 상응하는 상반된 풍경이 어우러져 있다. 그 하나는, 삶의

주체가 세상이 촉발한 온갖 "이념의 마비에서 풀"려나고,
"가진 것 없을수록" 오히려 "고강해지"는 아름답고 건강
한 삶의 풍경이다.

> 모처럼 아파트 담벼락에 해바라기하고 선
> 그에게서
> 이념의 마비에서 풀린 송장을 발견한다
> 가진 것 없을수록 사람이 얼마나 고강해지는가를 발견한
> 다
> ──「매화」 부분

　다른 하나는, 멈출 수 없는 "늙는 냄새"의 지속적인 방
출이 "새 시체를 묻는 쇠비린내"의 "토악질"임이 밝혀지는
추하고 음울한 삶의 광경이다. 이 중 홍신선이 집중적으
로 관찰하고 묘사하는 풍경은 후자의 것이다.

> 광릉 숲 뭇나무들 늙는 냄새 지독하게 내뱉는
> 이 무렵쯤
> 그 관목 근처에 가면 쇠비린내가 난다.
> 축골공 기혈을
> 새 시체를 묻는 쇠비린내를 토악질한다.
> ──「광릉 숲에서」 부분

　이 불편하고 그로테스크한 광경은 홍신선이 '늙음'을

'질병'과 동일시하는 이유를 알게 해준다. 늙음과 질병은 모두, 몸의 실제 증상을 통해 '죽음'을 감각적 실체로 현현한다. 홍신선이 '죽음'의 동의어로 사용하는 "늙은 질병"의 비유는 늙음과 질병이 죽음의 과정이자 증상으로서 등가의 관계에 있음을 피력한다. "늙은 질병"이 '죽음'으로 화하기 직전, 자신의 근미래형인 '죽음'을 현현하는 방식과 모습은 더할 수 없이 참혹하다. 예를 들어, 똥오줌을 받아내야 하는 뼈만 앙상한 노인과 말기 암 환자의 모습은 차마 바라보기조차 힘겨운 것이다. 홍신선은 모든 생명체를 그 외형과 관계없이 삶·죽음의 본질적 차원에서 이해하고 시화(詩化)한다. 나무들이 지독하게 내뱉는 "늙는 냄새"를 맡고, 낙화의 "대살육판"을 관조하며, 죽음을 앞둔 노인과 암 환자의 마지막을 목격하는 일 등은 그에게 모두 동일한 행위인 것이다.

그런데 인간이 죽음에 이르는 과정은 나무나 꽃의 그것처럼 단순히 불쾌하지도, 드라마틱하게 장엄하지도 않다. 인간의 늙고 병든 모습은 연민과 비애, 염오, 절망, 두려움, 회의 등이 뒤섞인, 무어라 표현할 수 없는 복잡 미묘한 감정을 불러일으킨다. 그것은 살아 있는 우리들이 종내 도달하게 될 가능성의 세계라는 점에서 더욱 곤혹스럽게 와 닿는다.

욕창이 움푹움푹 꺼진 등판과 하반신을

일회용 물티슈로 닦고 또 씻어낸다
매일 똥오줌 기저귀 갈아 차면서
벌써 몇 잠째인가 뼈골만 앙상하게 남겨진 채
뒤꽁무니로 뭉턱뭉턱 쏟아져 나온 썩은 과거와
구린 비애들을   —「마음經 · 35」 부분

검은 그 눈자위 둘레로 마지막 시간들 몰려와 들여다본다
[……]
최대한 축소한 그의 앙가슴께 딱딱 맞부딪는 것은
암종인가 때늦은 비애인가
평생 믿고 기댄 신성(神聖)도 불치의 암 앞에서는 무용하
다는 겸손인가
말씀에 기대고 있으나 구원은 어디에도 없다
죽음이 도피처인 듯 텅 빈 저 옆 병상
                          —「암 병동 6인실에서」 부분

　죽음이 가까울수록 삶은 몇 개의 단순한 사실 행위들로
축소되는 경향이 있다. 가령 죽음 앞에 당도한 노인에게
삶이란, "몸을 하루도 거르지 않고 속속들이 허무는/일개
미만 한 시간들을/벗어놓은 누에 허물처럼 노인용 디펜드
에/휩쓸어 뭉쳐 내놓는"(「마음經 · 35」) 일이다. 마찬가
지로 불치의 암 환자에게 삶이란, "검은 그 눈자위 둘레
로 마지막 시간들 몰려와 들여다보"는 폭력을 속수무책으

로 수락하는 일이다. "죽음이 도피처인 듯 텅 빈 저 병상"
은 노인/환자의 가까운 미래이며, 죽음이 완성되는 양상
의 한 국면이다. 홍신선은 이처럼 삶 속에서 죽음이 진행
되는 실상을 외면하지 않고 냉정하게 직시하면서, 삶과
죽음에 대한 존재론적 문답을 완성해간다. 그는 '늙음'을,
자신의 존재를 "철수하"고 "폐쇄하는 일"로 정의하면서 남
은 삶의 자세에 대해 생각한다. 그의 어조는 담담하지만,
거기서 스며 나오는 여운은 더없이 쓸쓸하고 허허롭다.

> 늙음이란 하루하루 지하로 철수하는 일
> 폐허인 내면을 폐쇄하는 일
> 그렇다 더 멀고 험한 길 준비에
> 제 몸 깊이 살아온 시간을 거두어들이는
> 풀과 나무들
> 건설 현장 화물 승강기처럼 늦여름을
> 밤낮으로 무릎 관절 밑으로 실어내리고 있다
> 그 노역에 등 벗겨진 둑 밑의 항가새 하나
> 눈알만 유난히 붉은 날
>
> ──「처서 부근에서」 부분

이 시의 담담한 어조와 서정적 풍경은 생에 대한 편애
(偏愛)에도, 죽음에 대한 두려움에도 치우치지 않는 시인
의 균형 감각을 바탕으로 한다. 홍신선의 말처럼, "늙음

이란 하루하루 지하로 철수하는 일/폐허인 내면을 폐쇄하
는 일"이며, "제 몸 깊이 살아온 시간을 거두어들이는" 일
이다. 늙음이 내리는 삶의 "철수"와 "폐쇄," 수습(收拾)의
지상명령을 거부할 수 있는 존재는 없다. 그 앞에서 인간
과 풀과 나무, 노역에 지친 "항가새 한 마리"는 모두 완벽
하게 동등한 지위를 갖는다. 이 시가 발산하는 적막한 서
정성은 존재론적으로 평등한 생명체들을 차별 없이 일별
하는 홍신선의 무심한 시선에서 비롯된다. 이러한 무심
(無心)의 시선과 자세는 홍신선이 오래 의탁해온 불교적
세계관과 사유를 기반으로 한다. 홍신선은 몸이 경험하는
숱한 유동(流動)과 이합집산, 생명 충전과 죽음의 과정을
대자연(우주)의 경전을 베끼는 "사경(寫經)"의 행위로 이
름 붙인다.

> 몸이란 그렇듯 한때 유동하는 근기들
> 판형 따라 집합했다가
> 다시 해판되는 것,
> 금강경?
> 타고 건너온 말의 뗏목 내버리듯
> 경전이란 없고 실은 뭇 가명들이 있는 것,
> 　　　　　　　　　　　—「낙엽 사경(寫經)」부분

> 성근 비 그치자 아름드리 느릅나무들은

그의 육탈된 내부에서
온갖 웅숭깊은 서원들 267개 골편들로 찍어서
사경(寫經) 했는지 관주(貫珠)인 듯 동그라미 친
저것
며느리발톱만 한 잎 잎들에 순백의 빗방울들 내다 걸었다
　　　　　　　　　　　　──「장곡사 골짜기에서」 부분

　대자연의 경전은 실물과 언어의 형태로 존재하지 않는
다. 그러한 '없는 경전'을 베끼는 "사경(寫經)"이란, 본시
텅 빈 경전의 내용을 '뭇 가명'의 언어들로 베껴 쓰는 무상
하고 무량한 일이다. 사경은 또한 한 존재가 그의 삶의 일
부이자 외부를 이루고 있는 '사경(死境)'을 끊임없이 살아
내는 일이기도 하다. 사경은 대자연의 일부인 존재의 삶
과 죽음 자체인 것이다. 그러므로 사경(寫經)은 인간의
행위 이전에 자연 상태에서 먼저 이루어진다. 자연의 현
상과 실물 들은 자연의 본질과 원리에 대한 사경(寫經)의
결과물인 것이다. 이를테면, 비 그친 후 느릅나무 잎에 맺
힌 빗방울들은 느릅나무가 "그 뒤 녘" "홑벌 하늘"을 "서
판(書板)으로 받쳐 쓴," '대자연＝경전'에 대한 사경(寫
經)의 산물이다. 그러니 경전은 어디에도 없는 것이면서
도처에 존재하는 것이기도 하다. 경전은 심지어 매일 보
는 신문 속에도 들어 있다. 마음을 열기만 한다면, "이른
새벽 던져진 신문의 빽빽한 기사 속에서／인간이 몰락하면

짐승이다라는 경전을 읽"(「대선(大選)이 있는 겨울」)을 수 있다.

이런 맥락에서 홍신선에게 사경(寫經)은 그가 평생 투신해온 시 쓰기를 의미한다. 삶과 세계가 그의 사경＝시 쓰기의 서판이었으며, 평생 쓴 시들은 그가 베껴 쓴 경전이라 할 수 있다. '없는 경전'을 베낀 홍신선의 복사본으로서 '경전＝시'는 '마음'으로 쓰고 '마음'에 새기는 것을 원칙으로 한다. 홍신선이 20년 가까이 작업하고 있는 「마음經」 연작은 실물도 형체도 내용도 없는 '마음의 경전'을 기록하기 위한 것이다. 완성 불가능한 애초에 실패가 예정된 작업에 홍신선은 자신의 시의 운명을 걸어온 셈이다. 그로서는 이미 각오한 일일 수도 있으나, 무한한 일에 바친 유한한 삶의 실체를 확인하는 것은 고통스러운 일이다. 더욱이 한정된 삶의 시간은 지나온 삶을 종종 후회와 자책으로 물들여놓는다. 홍신선은 평생에 걸친 자신의 시 쓰기의 자취를 돌아보면서 가혹한 진단을 내린다.

그동안 나는
허공에서 허공을 꺼내듯
시간 속에서 숱한 시간들을 말감고처럼 되질로 퍼내었다
말들을 끝없이 혹사시켰다.

　　　　　　　　　　　　　　　　——「퇴직을 하며」 전문

여기가 과연 종착지인가 마지막 신후지(身後地)인가
시를 다 쏟고는 크게 입 벌리고 죽어 뜬 한 마리 연어처럼
나는 망각 속을 둥둥 떠다닐 것이다
—「또다시 고향에서」 부분

홍신선은 자신의 시 쓰기가 "허공에서 허공을 꺼내"는 무용한 행위였으며, "말들을 끝없이 혹사시"킨 잔인한 행위였다고 말한다. 그러나 "독자도 없는 시들을/폐농지처럼 황량한 그 내부 문맥들을 폐관하는 일"에 평생을 바치고, "처자식 입에 풀 바르느라/이골 난 호구질에 늘 무릎 꿇었던"(「퇴직을 하며」) 시인이 비단 홍신선만은 아닐 것이다. 먹고사는 일의 비루함과 노역을 잘 알고 있는 시인은, "카타콤 지하철역 어둑한 통로에" "오체투지"하고 있는, "긴긴 마음 파산의 날에/고통을 통해 더는 가르칠 것도 없는" "홈리스들"(「경기 침체와 실업의 날에」)에게 깊은 연민을 갖기도 한다. 그는 사는 일과 시를 쓰는 일이 더 이상 구별되지 않는 지점에서 타인의 고통을 필사하는 바, 타인의 고통스러운 삶은 홍신선의 시＝경전의 한 내용을 이룬다.

홍신선은 자신의 시 쓰기에 대한 자책감 속에서도 시와 삶을 거의 한순간도 분리하지 않는다. 그는 자신의 죽음에 관해서조차도, "시를 다 쏟고는 크게 입 벌리고 죽"는 모습을 상상한다. 죽음이란 그에게 시를 다 써내는 일이

거나, 시를 더 이상 쓸 수 없게 되는 일을 뜻하는 것이다. 유한한 삶 속에서 무한을 생각하는 일의 공허함과 허무를 거쳐, 홍신선은 다시 시에 대한 초심으로 되돌아간다. 한 시인의 죽음을 통해 "인간이 유한을 극복하는 길은/고작 누더기 몇십 행짜리 기록물임을/누추한 시인 누구나 몸 바꾸어 시신(詩身)으로나 사는 길임을"(「마음經 · 50」) 깊이 절감한 것이 계기가 된다. "마지막 신후지(身後地)" 에서 '시신(屍身)'이 아닌 "시신(詩身)"의 몸을 가질 수 있 는 것은 시인만이 누릴 수 있는 특권일 터이다. 홍신선은 그 희소한 특권에 자신의 남은 삶을 걸기로 하다 "몰락 뒤에도/추문 한 편 없는 생은 얼마나 쓸쓸 허전한가"(「대 선(大選)이 있는 겨울」)라고 스스로를 위로하듯 되뇌면서.

홍신선에 따르면, "삶이란 단죄하듯 자신을 죽이고서야 /사는 일임을 독파하"(「11월 설악산을 보며」)는 고독한 과 정이다. 그가 자신의 삶의 종착점이자 내용물인 '죽음'과 '시'에 대해 최근에 독파한 내용은 다음과 같다.

아니다, 나는 생각한다 마지막 일어나 퇴장하는 거기
일장춘몽 생애에 대한 가장 빛나는 포상은 죽음임을
—「포상, 빛나는」 부분

필생의 결단처럼 양손 가볍게 놓아버려라
수백 수십 길 곧추 떨어지다 일어서다 마침내 한 방 먹이

거라
대명한 하늘땅 사이
먹먹한 목청 큰 사자후 한 방

〔……〕

폭포여
시여

—「나의 시」 부분

'죽음'이 "일장춘몽 생애에 대한 가장 빛나는 포상"이라
면, 죽는 순간에 "필생의 결단처럼 양손 가볍게 놓아버리"
는 것은 그 포상을 받는 최상의 자세라고 할 수 있다. 그
순간 마침내 전 존재의 무게로 터뜨리는 "큰 사자후 한
방"을 홍신선은 '나의 시'라고 명명한다. 아마도 홍신선이
쓴 최고의 작품이 될 이 시는 행복하게도 그의 미래에 예
비되어 있는 것이다. 지금 이 순간에도 삶 속에 한데 뒤엉
켜 있는 죽음의 징후들을, 기필코 오고야 말 완전한 죽음
을 홍신선은 시에 대한 열렬한 사랑으로 맞이한다. 어쩌
면, 죽음이 "일장춘몽 생애에 대한 가장 빛나는 포상"이
되는 것은 죽는 순간에 진정한 '나의 시'를 완성하는 시인
에게만 허락된 일인지도 모른다. 실상이 그러하다면, 홍
신선이 예찬하는 "일장춘몽 생애에 대한 가장 빛나는 포

상"은 '죽음'이 아닌 '시'가 된다. 시가 존재와 삶에 대한 구원임을 이토록 뜨겁게 설파하는 예는 근래에 보기 드문 것이 아닐 수 없다.

죽음에 관해 생각한다는 것은 자신의 죽음을 미리 애도하는 일과 통한다. 홍신선의 일곱번째 시집『우연을 점 찍다』는 자신의 죽음을 미리 애도하는 시인의 삶에 대한 사랑과 회한, 깨달음과 각오의 말들로 가득 차 있다. 그러므로 이 시집을 죽음에 관한 시집으로만 읽었다면, 그것은 시집의 절반만을 읽은 셈이 된다. 시인의 관심은 죽음 자체에 있지 않으며, 죽음이 삶에 간섭하는 방식과 그것을 수용하는 존재의 삶과 죽음에 대한 태도에 있기 때문이다. 홍신선이 체험으로 터득한 바로는, '그 태도'가 '그 사람'을 만든다. 죽음은 뒤늦게나마 그 "사람이 보이"게 함으로써 살아 있는 자들의 삶에 다시 개입한다. 누구든 자신의 죽음을 미리 애도해야 할 이유가 여기에 있다.

첩첩이 모여 놀던 저녁구름들 뿔뿔이 흩어져 제 집 돌아 간다.
성근 빗 낱에 씻긴
먼 산 뒤통수
환한 쪽빛 속에 둥글둥글 돌출했구나

마음 밖인가 마음 안인가

내 가고 난 뒤 여느 때 역시 저와 같으리

—「마음經·55」 전문

너나없이 제 그릇대로 한세상 담고 살 마련이지만
가고 난 뒤늦게서야 사람이 보인다

—「문인의 초상」 부분

『우연을 점 찍다』는 또한 삶과 죽음의 우주적 섭리에 대한 사경(寫經)으로서 '시'에 관한 시집이기도 하다. 특히 이 시집은 홍신선이 생각하는 '나의 시'의 진면목을 보여줌으로써 그의 시의 미래를 예감하게 한다. 그렇다면 이 시집은 홍신선이 자신의 모든 경험과 사유와 감각을 끌어모아 빚은/빚을 '나의 시'의 서시(序詩)에 해당하는 시집이라고 할 수 있다.

하나하나 들여다보면, 홍신선의 말마따나 "숱한 낙심(落心)들"(「소한(小寒) 무렵」)로 뒤덮인 "난장 아닌 골짜기 어디 있는가"(「정선 장날」). 꽃이 피고 지듯 무심히 베껴 쓰고 또 베껴 쓰다 보면 삶/죽음의 난장의 의미를, 없는 경전의 참뜻을 이해할 수 있는 날이 올 수도 있지 않을까. 홍신선에 의하면, 우리는 죽음의 순간에도 "양손 가볍게 놓아버리"며 진정한 '나의 시'를 쓸 수 있는 가능성을, 풀고 벗으며 해탈할 수 있는 가능성을 갖고 있는 것이니 말이다. ▨